그대 가슴에
소음 하나 심었습니다

시와소금 시인선 178

그대 가슴에 소음 하나 심었습니다

ⓒ시림詩林, 2024. printed in Seoul, Korea

초판 1쇄 인쇄 2024년 12월 26일
초판 1쇄 발행 2024년 12월 30일

지은이 시림詩林동인회
펴낸이 임세한
펴낸곳 시와소금
디자인 유재미 정지은

출판등록 2014년 1월 28일 제424호
발행처 강원 춘천시 충혼길20번길 4, 1층 (우-24436)
편집·인쇄 주식회사 정문프린팅
전화 (033)251-1195(팩스겸용) / 휴대폰 010-5211-1195
전자주소 sisogum@hanmail.net
ISBN 979-11-86550-6325-091-3 03810

값 12,000원

· 이 동인시집은 강원특별자치도 강원문화재단 후원으로 발간하였습니다.

시와소금 시인선 · 178

그대 가슴에
소음 하나 심었습니다

詩 林 제9집

김영삼 김은미 김훈기 배인주 유지숙
이순남 임인숙 지은영 한경림 황영순

시와소금

▌ 시림詩林 연혁

1. 2005~2012년까지 강릉대학교 평생교육원 시창작반(지도교수 이홍섭)
   에서 공부한 수강생 중심으로 자연스럽게 동아리 만들어짐.

2. 2009년 : 6월 30일 행복한 모루에서 문우회『詩林』정식으로 결성,
   2013년 11월 28일 강릉세무서에 문우회『詩林』단체 등록. (고유
   번호 226-80-14471)

3. 초대 회장 조수행(2009~2014), 2대 회장 임인숙 (2015~현재)

▌ 시림詩林 활동 사항

- 시화전 3회(2007~2009. 강릉대학교)
- 시인의 마을 주관 시낭송회 및 세미나 참여 9회(2013~2014)
- 시인의 마을 주관 「문학콘서트, 시와 가곡의 밤」 참여(2014)
- (사)교산 · 난설헌 선양회, 시인의 마을 주최 문화 올림픽을 위한 경
  포호수 누정 문학 기행 및 허균 문학작가상 수상자 문학 콘서트
  참여(2014)
- 시 창작 아카데미 운영(2015~2016)
- 시림 시 낭송회 5회(2013~2015)
- 시림 시첩 발간 1회(2015)
- 시 동인지 '시림' 제1집 발간(2016.12.) 출판기념 시 낭송회(5회)
  강릉문화재단 후원금으로 제작
- 시 동인지 '시림' 제2집 발간(2017.12.27.)
- 2017년 강릉독서 대전 행사 참여 「세상의 책 in(人)강릉」저자와의
  대화 주관

- 시 동인지 '시림' 제3집 발간(2018.11.18.)
- 시 동인지 '시림' 제4집 발간 (2019.11.18.) 출판기념 시낭송회(6회)
  강원문화재단 후원금으로 제작
- 시 동인지 '시림' 제5집 발간(2020.12.20.) 강릉문화재단 후원금으
  로 제작
- 시동인지 '시림' 제6집 발간 (21.12.30) 출판기념 시 낭송회(7회),
  강릉문화재단 후원금으로 제작
- 시 동인지 '시림' 제7집 발간 (22.12.30) 출판기념 시낭송회(7회)
- 2023 : 시 동인지 '詩林' 제8집 『내 안에 돌섬 하나 있다』 발간.
  출판기념 및 시낭송회(8회). 강릉문화재단 후원
- 2024 : 시 동인지 '詩林' 제9집 『그대 가슴에 소음 하나 심었습니
  다』 발간. 출판기념 및 시낭송회(9회). 강원문화재단 후원

▌회원 시집 현황

- 김영삼 시집 『온다는 것』 달아실(2017.06), 『우연은 필연처럼 오지』
  달아실(2024.10)
- 신효순 시집 『바다를 모르는 사람과 바다에 갔다』 시인동네
  (2017.03)
- 유지숙 시집 『698번지, 오동나무 뿌리는 깊다』 글나무(2021.11)
- 이순남 시집 『버릇처럼 그리운 것』 달아실(2021.11)
- 임인숙 시집 『몸은 가운데부터 운다』 달아실(2019.12)
- 한경림 시집 『결』 밥북(2017.11)
- 홍경희 시집 『기억의 0번 출구』 한국문연(2017.09), 『13월의 유다』
  한국문연(2024.10)
- 황영순 시집 『당신의 쉰은 안녕하신지요?』 시와반시(2017.10)

| 차례 |

이홍섭

무영탑

원추리 꽃

코스모스는 슬프다

1965년 강원도 강릉 출생. 1990년 『현대시세계』를 통해 시인으로, 2000년 〈문화일보〉 신춘문예를 통해 문학평론가로 각각 등단. 시집 『강릉, 프라하, 함흥』 『숨결』 『가도가도 서쪽인 당신』 『터미널』 『검은 돌을 삼키다』 『네루다의 종소리』 등 출간. 시와시학젊은시인상, 시인시각작품상, 현대불교문학상, 유심작품상, 강원문화예술상, 박재삼문학상 등 수상.

무영탑

노스님 가신 지 삼 년
부도에 삼배 올리고
개울가에 쪼그려 앉아 담배 한 대 피우고
털레털레 내려오는 길

스님은 절을 올리고
나는 그 마당에다 탑을 올렸으나
하늘과 땅 사이에
그림자 하나 없다

먼 훗날
한 산골 나그네가 이 골짜기에 들면
하늘 한번 보고
땅 한번 보고
다음과 같이 노래하리

절골에 절이 없고
탑골에 탑이 없다

원추리 꽃

오늘은 옛 애인의 생일날

돌담 밑
원추리 꽃대는 길기도 하지

오후에 피었다가
내일 오전이면 어김없이 시들 것이면서

또 밤을 꼬박 새울 것이면서

밍기적 밍기적
하루해가 어서 지길 기다리는 날

오늘은 공일
옛 애인의 생일날

코스모스는 슬프다

산을 깎아 막 캠퍼스를 조성한 지방대학교 교정에는 갓 심어 놓은 나무들이 목발을 짚듯 삼각다리를 짚고 있었다. 땅거미가 지면 과자 봉지를 들고 묘둥지에 올라 경월소주를 들이켰다. 어느 날 여자 선배가 좁은 길을 걸어 등교를 하다 버스에 치여 죽었고, 나는 슬픔 가득한 조시를 썼다. 남들은 나라를 구하는 조시를 쓰고 있었으나, 나는 강원도 산골짝 지방대생의 비애도 알아줬으면 하는 마음이 간절했다. 그 슬픔이 멀리 경포 바다에 잠길 때쯤 몰록 가을이 와서 앞산 뒷산이 단풍으로 붉게 물들자 청춘들의 마음도 괜스레 싱숭생숭해졌는데 아무리 캠퍼스를 둘러봐야 마땅히 사진 한 장 찍을 곳이 없었다. 이를 가엽게 여기신 조경사 어르신께서 도서관 앞 진흙밭에 코스모스 씨를 확 뿌려놓았는데, 그분께서도 산을 깎아 만든 교정의 흙이 얼마나 좋았던가를 짐작하지 못하셨던 거라. 코스모스는 하루가 다르게 옥수수처럼 쑥쑥 자라 마침내 우리 키를 넘게 되었다. 우리는 그 장대 같은 코스모스 앞에서 멋쩍게 사진을 찍고는 했는데, 나는 그때 이후로 코스모스가 하늘하늘하다는 표현을 잃어버렸다. 코스모스만 보면 슬픔이 무장무장 해지고, 내 흘러간 청춘이 마른 옥수수 대궁 같아서 먹먹해지곤 했다.

김영삼

폭염 외 9편

얼굴에 짙은 그늘이 있다고 했다
마음은 아무리 화장해도 숨길 수 없나 보다

누구에게도 대놓고 말하지는 않지만
속으로 이것저것 바라는 바람도 많다

당산목처럼
대여섯 평의 그늘을 달고 바람 잘 날 없이
빈집이나 지키며 산다

누구 하나 햇볕 가려주지 못하고
누구 하나 땀방울 식혀 주지 못하는

그늘과 바람

백로白露

'혼자 있어서 외로운 것이 아니라
혼자 있지 못해서 외로운 거다'

어디서 들은 말이 힘이 되어
하루종일 혼자 있어도 외롭지 않았다

유례없는 한 달 남짓 열대야도
작은 방에서 혼자 꿋꿋이 견디어 냈다

아름드리 느티나무 밑으로
이젠 제법 선선해진 바람이 분다

바람이 바뀌니

그저 바라보고만 있어도 좋을
처음으로 사람이 그립다

꽃

누구는 뜨거워서 꽃이 핀다고 했습니다
나는 차가워서 꽃이 핀다고 합니다

모든 꽃잎은 차갑습니다
차가울 때까지만 꽃입니다

꽃이 진다는 건
꽃잎이 뜨거워졌다는 거지요

차가운 당신, 그래서 꽃입니다
당신은 더더욱 쌀쌀해야 합니다

그리하여 오래 싱싱하게 피어 있어야 합니다

공원 벤치에 앉아 갈 데가 없다

땅의 길을 걸었을 땐
무릎에 자주 해당화가 피었다
꽃잎이 피어나는 통증으로
걸음은 점점 익숙해졌고
때 되면 붉은 잎도 시들어
꽃자리는 흔적 없이 사라졌다
땅의 길은 복잡해도 분명하여
금방 눈으로 생생하게 그릴 수 있다

사람의 길을 걸으면서
익숙한 걸음에도 수없이 넘어진다
더는 해당화가 피지 않아
꽃잎은 지지 않고, 오래도록
무릎 속 깊이 붉게 물들어 있다
사람의 길은 단순해도 희미하여
아무리 그려도 잘 보이지 않는다

돌아갈 수 없는 길, 보이지 않는 길

산방 일기 · 1

낯선 산골에 와서 밤하늘을 보았습니다
따다 남은 감처럼 드문드문 남아있는 민가에서
할 수 있는 일이라곤 고개 들어 하늘 쳐다보는 겁니다
빨간 까치밥 사이로 별이 몇 개 보였습니다
참으로 오랜만에 보는 별 별 별…
일찍 잠 깬 어린것만 눈 비비며 나왔는지
희미한 별은 두 손으로 다 헬 것 같습니다
앞날보다 지난날이 이제는 더 많아
무얼 보면 옛일이 먼저 생각납니다
한여름 밤, 마당에 너른 멍석 깔고 누우면
금방이라도 우박처럼 쏟아질 것 같은 총총한 별
무섭기도, 황홀하기도 하여 눈도 깜박일 수 없던
어린 우린 나란히 누워 은하수 건너 큰곰 찾다가
별 하나 나 하나, 별 둘 나 둘… 헤아려도 보다가
하늘 한 귀퉁이도 다 못 세고 까무룩 잠이 들던
그 많고 많던 별들은 다 어디로 갔을까요
밤마다 쳐다보던 초롱초롱한 눈들이 사라지니

별들도 내려다보던 창문을 굳게 닫아버린 걸까요

눈이 흐려진 건지, 세상이 흐린 건지

등잔불 같은 별이 몇 개 떠서 위태롭게 가물거립니다

산방 일기 · 2

제자리에 오래 앉아 있으니
안 보이던 남의 삶이 보인다

실개울은 무어라무어라 종일 혼자 종알대고
애기 손 같은 이파리 사이로 벌들은 소란스럽고
흰나비는 너풀너풀 꽃다지에서 현호색으로
푸른 꼬리 물까치는 소나무서 참나무로 날아간다

개울은 성자처럼 낮은 곳으로 임하는 게 하루 일이고
벌은 파업하듯 떼를 지어 한목소리 내는 게 일이고
나비는 풍객처럼 떠돌며 미색을 탐하는 게 일이고
새는 소신 없는 정객처럼 옮겨 다니는 게 하루 일이다

저들의 품삯은 알 수 없으나
부지런히 움직여야 산다는 건 알 수 있겠다

삼지창

손금을 좀 본다는 사람이
선심 쓰듯 던진 말

크게 믿을 건 아니어도
믿고 싶은

마치 금맥을 손아귀에 쥐고 있는 것처럼
마음 한구석이 환해지고

주먹 쥘 일이 생겨도
슬그머니 손바닥을 펴보는

가는 철사로 구부려 만든
어릴 적 피라미 작살 같은

한 가닥 선은 흐릿해
벌게지도록 손톱으로 그어 보는 창

남도 기행

— 세설원

북쪽 끝에서
남쪽 끝으로 왔다

몸이 오니
생각도 따라왔다

장돌뱅이처럼 떠돌아다니는 게 업이지만
저도 집 없이는 살 수 없는지 따라왔다

몸은 남도서 한 달 살 작정이나
변덕스런 생각은 어떨지 모르겠다

임시 거처를 정한 외딴집
갈 곳도, 갈 수도 없는 山中

몸은 나무 의자에 앉아 새잎 돋는 앞산만 바라보고
작은 산은 갓 쪄 펼쳐놓은 찐빵처럼 부풀어 오르고

졸졸졸 종일 졸졸졸
흐르다 졸면서 흐르는 실개울

낯설어 오갈 데가 없는 건지
생각도 늙은 고양이처럼 몸 곁에서 졸고 있다

모처럼 아주 모처럼 의기투합하는 몸과 생각

나무의 기록

오래된 나무 밑을
비틀거리며 지나다녔다

지나갈 때마다
잎의 빈칸이 조금씩 채워지는 줄도
모르고 다녔다

어제는 바람이 쌀쌀해 나무 아래서
쓸쓸한 생을 안아 주고 싶었다
품이 너무 커서 팔이 닿지 않았다

그것이 안쓰러웠던지 볼에다가
바람이 서늘한 입술 꾹— 눌러주었다
쓸쓸함이 고스란히 안겨 와서
나는 순간 뒷걸음치며 휘청거렸다

오늘은 잃어버린

수많은 발자국과
수많은 속엣말과
수많은 한숨이 어디에선가는 모여서
일가를 이루고 살 것을 생각하며 지나갔다

나무는 일수 꾼 낡은 수첩 같은
이파리 들춰가며 무언가 기록하고 있었다

백수

졸지에 오갈 데 없는 사람이 되어, 남들 일할 때 노는 것도 눈치보여 인적 뜸한 둑길 찾았는데, 저만치서 뒤뚱뒤뚱 비둘기가 오고 있다. 뒷짐지고 마실가는 노인처럼 유유히 걸어온다. 피할 곳도 없고 외길에서 외사랑과 맞닥뜨린 것처럼 안절부절 조심스레 발길 옮기는데, 정작 비둘기는 전봇대 지나가듯 태연하게 옆으로 스쳐 간다. 어럽쇼! 황당하여 뒤돌아보니 부리로 땅을 쪼아가며 세상 편하게 가고 있다. 아무리 가까이 지내는 사이라 해도 엄연히 근본이 다른데, 이렇게 개무시해도 되는 건가… 돌멩이 줍는 시늉이라도 해서 저놈이 기겁하고 달아나는 꼴을 봐야 하는데, 뒤도 안 돌아보고 가니 속수무책이다. 그간 몸속 독기가 빠져나가 순한 새처럼 보이나? 나이깨나 자신 구옹이라 눈이 침침한 건가? 별생각이 다 드는데, 참새 몇 마리가 몇 발짝 앞에서 무서워하며 포르릉포르릉 도망간다. 그럼 그렇지, 아직은 나도 그리 만만한 사람이 아닌 거지, 비둘기한테 상처받고 참새에게 위로받는 하루.

김은미

아직 겨울 외 9편

그 겨울이 가고
오지 못할 것 같은 봄이 왔다

너를 닮은 순한 진달래도 피어나고
연한 새순이 세상의 한 모서리에 있는 나를
콕 잡아당긴다

하지만 나는 자꾸만 봄을 놓아버리고
지난겨울로 뒷걸음질 치고 있다

네 모습이 보일 때마다
견딜 수 없어 벚나무에 등을 대고 숨는다
그러자 벚꽃잎이 눈송이 되어 흩날린다

너는 세상의 귀퉁이 그 어디에도 없지만
나는 왜 자꾸 널 닮은 것들을 보게 되는 것일까
세상 꽃이란 꽃은 모두 널 닮았다

꽃은 너, 너는 꽃, 꽃은 눈

봄이 와도 겨울

찾을 수만 있다면

잃어버렸다
욕심만큼 움켜쥐었던 사랑을 잃어버렸다
잃어버렸는지도 모른 채
뚜벅뚜벅 걸어가다 보니
주머니 속에는 아무것도 없다

흘렸는지 버렸는지 놓쳤는지
끝없이 생각하며 길을 돌고 돌며
내 사랑의 한 조각이라도 주우려고
두리번거리며 찾아보고 또 찾아본다

어디가 길인지 하늘인지
내가 사는 이곳이 어디인지 알 수가 없어
눈을 감은 채로 세상을 바라보니
푸르던 하늘은 붉게 변하고
태양이 지나간 자리엔 어둠이 몰려온다

그래도 어딘가에서 기다릴지 모르는
나의 사랑을 찾아가야만 한다
걸어왔던 발걸음을 되돌려서라도
너를 찾을 수만 있다면
남은 생을 다 써도 아쉬움이 없겠다

화살표

팔만 가진 너임에도
이 방향으로 가야 한다
저 방향으로 가야 한다

길을 잃고 헤매지 않도록
원하는 방향으로 갈 수 있도록
온몸으로 구원하고 있다

필요한 순간마다 몸을
반듯하게 삐딱하게 비스듬히
구부리고 펴고 일어서고 앉고
머물기도 하고 나아가기도 한다

쉼 없이 꿈틀대는
너의 몸이 가리키는 데로
부지런히 따라가다 보면
원하는 곳에 와 닿겠지

시와 사랑

시가 있어 사랑이 태어났다
너는 나를 맞이하러 하늘에서 떠나온 천사의 눈물

사랑이 있어 시가 태어났다
나는 너를 맞이하러 흰 눈밭을 맨발로 달려온 바람

시가 사랑에게 사랑이 시에게 생명을 불어넣어
서로 북돋우며 살아간다

알겠다

네가 뜨거운 눈물을 가진 이유
내가 차가운 발을 가진 이유

휴식

그냥 쉬어보세요
병실 창가에서 말을 거는 햇살

쉬는 게 이토록 어려운 일인 줄 몰랐다

제발 쉬어주세요. 그토록 원했지만
모른 척하던 나에게
벌처럼 휴식이 주어졌다

인생의 많은 정답은
시간이 지나고 나서야 알게 되는 법

더 이상 쉴 시간이 없다면
그땐 말없이 떠나가는 일밖에 남지 않는다

떠나기 전에 많이 쉬어주고
시간이 지나기 전에 알아채는 것

쉰다는 것은
살아가는 것을
강렬히 원한다는 것이다

인상, 낙엽

햇살에 몸을 맡기니 노란 나비가 되었다
꽃을 찾아 한참을 헤매다
그만 주저앉았다

바람에 몸을 맡기니 붉은 꽃이 되었다
나비를 기다리다 지쳐
그만 잠이 들었다

너의 푸른 꿈을 무시하는 자들은
너를 던지고 짓밟고 흩뿌리며 놀았다

지옥 같은 축제가 끝난 후
사색이 된 너의 얼굴을 마주한다

하지만 너는 겸허한 손길로
찾지 못한 꽃의 거름이 될 수 있고
오지 않은 나비를 계속 기다릴 수 있다며

몰래 쓴 엽서를 수줍게 전한다

가을비 내리는 날
참았던 눈물을 빗물에 섞어
슬픔과 희망이 넝쿨처럼 얽힌 풍경을
마네와 모네의 붓놀림으로 인상 깊게 그려낸다

어떤 믿음

일요일에만 믿는다
당신을 만나러 가서 사도신경을 외우고
당신의 자녀임을 시인한다

전능하신 당신
천지의 창조주를 믿나이다
죄의 용서와 육신의 부활을 믿으며
영원한 삶을 믿나이다

내 탓이요 내 탓이요 아멘
나의 죄를 용서하여 주세요
기도하고 성가를 부르며
당신의 나라가 있음을 믿는다

일요일이 지나면 다시 일상에 빠지고
당신을 까맣게 잊어버린다

일요일이 오고 가는 동안
아침과 밤이 만나는 동안
그, 동, 안,
생각해 보면 당신이 있으면 좋겠다
하늘나라가 정말 있으면 좋겠다

그나마 다행이다
일요일 계속 돌아와서

함백

고향이 어디냐고 물으면
강원도라고 말한다
강원도 어디냐고 물으면
꽃피는 산골이라고 말한다

강원도에 꽃피는 산골 아닌 곳이
어디 있냐고 하면 정선이라고 답한다
정선 어느 모퉁이냐 물으면
첩첩산중 속 하늘이 어린 내 머리 위에서
동그마니 보이는 곳이라 주절거린다

그래서 어디냐고 하면
말해도 모를 걸 한다
말하면 알 걸 하면, 설마 하며
그제야 함백이라고 한다

아! 탄광촌 거기 하면

아니 나는 조동 시장에 살았어 한다
조동리도 함백이잖아

검은 탄을 캐며
검은 냇물이 흐르고
검은 눈물이 흐르던 곳
모두 함(咸)자에 흰 백(白)자

잘 산다는 것

지키지 않아도 꽃은 피고
기다리지 않아도 꽃은 진다

꽃이 져도 향기는 남고
향기가 사라져도 꽃 그림자는 내내
우리네 마음을 비춘다

꽃 한 송이 품지 않고 살아온
가깝고도 먼 이웃이 있다면
가벼이 인사하듯 꽃 한 송이를 건네

살아있음을 기뻐하게 하라
누군가 옆에 있다는 것을 알게 하라

아주 간단한 방법
잘 산다는 것은 그런 것이다

시 한 자락

시간이 지나가면 모서리는 둥글어진다

시 한 자락 잡아채려 하는 것은
둥글어지는 순간을 놓치지 않으려는 것
살아있다는 것을 알아채려는 것

내가 진짜 살고 있다는 것을
소문내려는 것이다

김훈기

감꽃 ∥ 두부 ∥ 열목어 ∥ 길 ∥ 낮달 ∥ 안반데기 ∥ 역광 ∥
노래교실에서 ∥ 바다 하늘 길 ∥ 상사화

감꽃 외 9편

오늘에서야 감꽃을 자세히 보았어요
가까이서 꽃을 담았습니다

정수리에 흰 눈이 내리고서야 감꽃에서
유년의 허기의 실체를 보았지요
줍고 또 주어도 줄어들지 않던 떨어진 감꽃
허기를 메워 주던 시간의 흔적
어린 날의 허기의 실체를 되새김 합니다

가지 끝 감꽃 무지(無地)의 실체에
색체를 입힐 무슨 짓이던 하고 싶습니다

작은 핑계에 연연하며 산 모습이 부끄러워
내 안에 자리한 아집이 떨어져
시든 감꽃을 닮았으면 좋겠습니다

두부

정 사면체 하얀 두부만 생각하며 살았습니다,

각이 진 나를 닮아 있어 좋아했지요

예비군 훈련 끝내고 처음 맛을 본 신새벽의 순두부는
몽글몽글 천상의 맛이었지요

순두부처럼 몽글몽글 살았으면 어땠을까

순한 곰솔 향이 퍼지는 또 다른 섬이 되지는 않았을까

열목어

서른 즈음에 열목어를 잡겠다고 작살을 들고 구십구담을 휘
졌던 때가 있었네, 은어를 쫓던 순백의 시절만 생각했더니 두 눈
에 핏발을 세우고 달려드는 열목어 앞에서는 혼비백산 작살질
은 감히 엄두도 내지 못했네,

백담을 거슬러 오르자니 두려움과 부끄러움이 앞서 봉정암
거처 천불동 계곡을 따라 오세암 곁을 돌고 영일암 대웅전 부처
님께 두 손 합장 수천수만 죄업을 빌고 또 빌었지만 백담사 산
문 앞 계곡의 수천 탑들이 저려 감히 산문엔 발 들이지 못했네,
그때나 지금이나 단풍은 환하게 계곡을 밝히고 있네,

뾰족하던 작살은 무딘지 오래 석양을 등진 긴 그림자 할미꽃
처럼 서 있네, 그리움도 외로움도 시기도 질투도 한갓 그림자였
던 것을, 산과 계곡의 주인을 몰라보고 설치던 오만은 모두가
후회의 아픔인 것을, 산문 앞 노스님이 "머잖아 해 넘어가니 언
능 서두시오들" 그 때 그 말씀을 바로 따랐어야 했네,

백담의 열목어는 대대로 단풍과 잘 어우러지겠지, 내게 어울리지 않을 또 다른 생이 주어진다면 다시는 열목어를 향한 어리석음은 범하지 않겠네,

길

걷고 또 걸어 여기까지 왔구나,
결핍이 지금껏 걷게 했으니 이젠 멈출 때도 되었나보다

쌓이는 낙엽 같은 결핍의 두께만큼
버릴 것들을 늘여야 하는 것이 생이라면
이제는 기억에서조차 지워야 할 흔적임에도
꿈틀거리는 존심이 아프다
설레던 처음의 길은 추억이 되어 쌓인 낙엽 같고
결핍은 이마의 굵은 주름처럼 깊어만 가는데
통장의 잔고처럼 그리움만 남기고 모두 차감할 수는 없는 걸까

찬란했던 계절의 기억에서 헤어나지 못하는 어리석음과
여직 맑은 날만 고집하는 아집
아집은 끝내 내 안의 결핍을 벗겨내지 못했고
생각지도 못한 방향으로 팔을 뻗게 했지

길 위의 발자국을 지우며 옅은 미소를 짓는 바람
신음소리 같은 결핍은 가슴에 못이 되어 못이 되어

낮달

밤새 걷고 또 걸어 별빛마저 지우며 왔나보다
지친 낮달 홀로 외로운 데
표면의 푸른 얼룩은 멍 자국 같다

저 달이 걸어 온 것처럼 어쩔 수 없이 껴안고 가야 할
생이라면 아직은 사랑해야 할 것들은 너무 많은데
구석구석 멈출 줄 모르는 통증과
정전된 뇌의 기억은 끝 모를 터널로 들어서고
늘어나는 알약 수만큼 버려야 할 것들 또한 늘어만 가는데
전신에 붙인 파스는 여기저기 꿰맨 헌 누더기 같다

심장에 푸른 얼룩 같은 멍이 드는 것은
멈출 줄 모르는 KTX 같은 시간 때문일까
쓰디쓴 커피를 마시며 낮달을 설워하는 것은
욕된 생을 더 오래 연명하기 위한 발버둥은 아닐까

푸른 멍 자국 같은 생이 아프다

안반데기

그 시절은 눈물겨운 허기의 상징이었다 하네,

비탈이 뭐냐 물으면
삶을 굴리면 떨어지는 낭떠러지라 엄마는 말했다네

오금이 저리도록 일궜던 비탈엔 이 혹서의 무더위에도
수천수만의 병력이 열과 오를 가지런히 열병식을 하고 있네

묻기라도 하면
밤이면 별들이 내려와 즐기다 간다며
그땐 거친 낭만의 시절이었다 엷은 미소 머금네

역광

억새의 역광을 보네

석양을 받고 흔들리는 저 찬란한 빛 결을 보네

할퀴고 물어뜯고 싶은 매몰찬 저 석양의 끝

기억하고 싶은 그 무엇도 모두 지워 지게 하네,

아! 저 찬란한 허망의 진실

네게도 내게도 주머니를 뒤지게 하는 거친 계절의 낭만

그리고 그 끝

노래교실에서

지나온 생을 미워 마세요, 그대 가슴에 소음하나 심었습니다,

닫힌 가슴 풀어헤치고 목울대를 돋우는 절절한 외침, 지나온 시간 생각해무엇하랴 목소리 몸짓만으로도 나를 찾은 자유 흑발이 대수더냐 백발이 대수더냐 잘하고 못하고는 누구의 잣대더냐 활짝 웃는 미소에 되살아나는 청춘이여 오로지 자신에게만 보내는 위로의 편지, 저마다의 사연은 잠시 비껴두고 미래는 시간에 맡기고 의도치 않은 춤사위로 하루를 흥겹게 즐겁게 심장이 뿜어내는 열기 하나로 긴 겨울을 견뎌온 당신,

당신 안에 자리한 파란 이파리가 흔들리는 모습 그대로가 당신입니다, 그대가 아름답게 느껴지는 이유이기도 한 것, 더 이상 님들을 버려두지도 기다리지도 않을 계절에 흔들린다는 것은 절대 늦은 핑계가 아닙니다, 찌꺼기는 훌훌 털어버리고 하루하루를 사는 가장 소중한 것은 깊이 새겨진 청춘의 가슴이라는 것을 아는 아름다운 그대, 타는 땡볕 같은 노래교실의 열기, 목이 타들어갑니다

한 가락 노래는 그대 안의 붉은 사막을 걷어내는 찬란한 연
애입니다.

바다 하늘 길

바다와 하늘이 어깨를 나란히 하는 길

나란히 발맞춰 걸었다

온몸의 힘을 빼고 걷는 길, 가지런히 하나다

바람의 강요나 햇살의 협박도 즐겁다

홀가분한 자유

꽃을 떠난 나비처럼 비로소 나를 버렸다

상사화

바라만 보세요, 잊지도 마세요,

그대에게 내가 추억이 되거나
내가 그대에게 추억이 된다면
너무 아픈 기억이 될 터이니까요

늘 그래왔던 것처럼 있는 곳이 어디든 마음 하나면
충분하지 않을는지요

배인주

작은 벌레의 결단 ‖ 목탁 소리

작은 벌레의 결단 외 1편

돋보기를 쓰고도 잘 보이지 않는
숨 쉴 구멍조차 없어 보이는
작은
아주 작은 벌레가 기어간다

어디로 가는 걸까?
살그머니 혹 불어봤더니
길도 없는 길을 잘도 찾아간다
엄지와 검지에 힘을 모아 땅을
툭 쳐봤더니
꼼짝 않고 있다, 결단이라도 한 듯
앞만 보고 직진한다
국도도 아닌
고속도로도 아닌
마음먹은 대로 길을
앞만 보고 거침없이 잘도 간다

이럴까?
저럴까?
우유부단한 성격으로
결단 없는 하루하루를 견디는 나는
마음먹은 대로 가는 길은
세상에서 가장 높은 장벽

내가
알지 못하는 이 작은 벌레는
마음먹은 대로 가는 길이
곧 길이 된다

목탁 소리

어린 뻐꾸기 청아한 소리
심장에 수북수북 쌓이는 오월의 밤

피가 연꽃처럼 맑은 학인 스님처럼
새벽을 여는 소리

유지숙

방전되지 않기 ‖ 문득 ‖ 눈물 ‖ 아직도 내 귀를 맴도는 ‖ 버리지 못하는 것들에 대한 단상 ‖ 내 마음의 화석 ‖ 흔적 ‖ 미라클·2 ‖ 누들 축제

방전되지 않기 외 8편

그냥 곁에만 있어도 그냥 좋은 그저 자꾸 콧노래가 나오고 손만 보아도 잡고 싶어지는 옷걸이에 걸어 둔 옷만 보아도 미소가 피어나곤 했던 때가 있었다

머리에 희끗희끗 잔물결이 보이면서 통화가 안 되거나 문자를 읽지 않거나 카톡을 보지 않으면 괜한 걱정이 날개가 되고 그러다가 현관문이 딸깍 소리가 나면 기쁨 반 원망 반이 된다
배터리가 방전되었다는 말은 위로가 되지 않는다

울타리 안에서 오랜 시간 겪어낸 시련의 시간과 신자유주의를 외치던 때의 시간을 소중히 간직하며 눈빛만으로도 서로를 읽고 읽어주는 그림자처럼 그저 은은히 지켜가고 싶다

살아온 날들 용서라거나 이해라거나 이런 말조차 불필요하다고 생각할 즈음
우리는 떠날 것을 준비해야 하므로 더 많이 웃어주고 누구든 먼저 떠난 후 그래 잘했어라고 해야 한다고

나를 토닥여 본다

문득

당신이 생각나면 가을입니다

홍시를 좋아하신 당신

터질 듯 속이 꽉 차 반짝이는
홍시 한 알 손에 꼭 쥐고
비밀의 궁전에서 당신을 만난 듯
눈 시리도록 푸른 하늘을 보니
가슴이 따뜻해집니다

사람과 관계가 좋아야 한다고
매듭을 잘 푸는 것이 잘사는 것이라고
세상의 술렁거림도 의연 하라고
높은 곳만 보지 말라고 입은 무거워야 한다고

홍시를 한입 베어 물고 서서 엄마 위에
나를 포개보는

그리운 어머니

눈물

꽃봉오리 환히 웃으며 자작나무에 기대
향기는 천지에 빛으로 번지고
환희로움의 박수는 건물을 들었다 놓고

커다란 눈에 보석같이 빛나는 눈물
너는 두 손 꼭 잡았지

빛의 섬에 도착한 꽃잎은 벙글어지고
향기에 도취 된 너는
안식을 위한 햇살 나무집을 설계했지

어느 여름밤
바람이 소용돌이치고
꽃잎은 찢어지고
행복을 부채질하던 카톡방은 온통 비명이었지

꽃이 아프니 나도 아프다

멍이 든 꽃잎을 다독이고 다독이는 동안
상심한 꽃의 하염없는 눈물을 닦는다

아직도 내 귀를 맴도는

시계 비늘로 짠 자디잔 하루의
무질서를 눈부시게 하던 당신

흥부의 논리를 이야기하며
맑은 마음으로 언제나
나눔이 행복이라고 하시더니

누구에게나 최선을 다해
아무것도 탓하지 않는 마음 밭에서
반딧불만 한 웃음이 있다면
그것이 사는 즐거움이라고
누구나 수평이 될 수 있는 것이라고
그 마음 번지게 하려고
그렇게 무한정의 빛으로 생기를 주셨지

눈만 뜨면 둥글어지는 연습장에서
흐리멍덩한 발걸음 단단해지라고

쉴새 없이 평생토록 지문을 없애시던

나 얼릴 적

아버지

나의 성자

버리지 못하는 것들에 대한 단상

　붙박이장 문을 열고 걸려있는 옷들을 한 장 한 장 뒤적인다
이것도 버리고 저것도 버려야 하는데 이건 큰애가 사줘 안되고
저건 둘째가 이건 셋째가 사준 거라서 저건 동생이 사줘 안되고
친구에게 선물 받은 스카프라서 안 되고 몇십 년 된 옷들이 숨
이 막힌다고 아우성인데 이런 저런 이유로 다시 문을 닫는다.
서재 문을 열고 오래된 책꽂이 앞에 선다. 발 디딜 틈 없이 쌓아
놓은 책장 앞에서 버릴 목록을 적다가 이건 큰아이 낳고 읽던
책이어서 이건 노벨문학상 작가 책이어서 어건 내가 좋아하는
시집들이어서 이건 지인들의 출간 서적물 들이어서 안 되고 다
시 문을 닫고 주방으로 간다. 싱크대 진열장 문을 열고 이것도
버리고 저것도 버리고 주섬주섬 내놓은 그릇들을 차곡차곡 박
스에 넣다가 이건 가볍고 수납이 좋아서 이건 독일제 냄비여서
저건 영국제 도자기여서 저건 러시아 수제 커피 세트여서 저건
일 년에 한 번 와인을 마셔야 해서 대(大)접시가 수도 없이 많은
데 버릴 것이 없다고 다시 진열장에 올려놓고 문을 닫는다

　이유 있고 아끼는 물건이라고 쌓아놓은 것들

다시 제자리걸음하고 있다

언젠가는 버려질 것들

내 마음의 화석

당신의 눈동자는
햇살 받은 이슬방울이지

별 밝은 날 풀밭에 누워 주고받던
별 하나 나 하나 별 둘 나 둘
잠들기 전 서로를 바라보며 꿈을 꾸었지

그녀가 찾은 별 하나 따라
꽃의 음절로 향기를 피우던 어느 날
그 별 하나가 별똥별 되었지
눈물은 강을 이루고
뼛속으로 찬바람 드나들었다지

겨우 칠십 년 받들고 살던 뒤웅박이
천국의 백성으로 이름을 올리더니

밤이면 내 손 잡고

어릴 적 동산으로 개울로 뛰어다니다
손을 놓고 쓸쓸히 돌아가는 언니의 뒷모습

잠이 깬 눈에 고인
그녀가 흘러나오고
바윗덩이 얹힌 듯 가슴은 무겁고
두 주일 머물렀던 작은 방에 오도카니 앉아
창밖의 구름을 바라보고 있네

흔적

오늘은 햇살이 무심하다
카톡을 보내고 싶은 손가락
단축번호 위에서 방황한다

나이테가 촘촘하게 시간을 엮어 가는 길에서 사랑이라는 명
사로 어디로든 날아가고 싶은 곳을 찾고 또 찾아 마침표를 찍
었던 그녀가 접속했던 고단한 날들, 된바람으로 주저앉았다가
일어서서 피곤한 발의 무게에 주저앉고 천둥 소낙비를 온몸으
로 받아내며 마련한 밭이라며 흙먼지에 인중이 까매지고 어둠
이 내리도록 가꾸며 걷던 논둑길 위에 하얀 민들레꽃이 피고

나도 모르게 누른 단축번호
"이 번호는 없는 번호입니다"

그녀의 발자국 천지간에 가득한데 어디에도 없는

미라클 · 2

삼복더위에 스치는
명주실 바람처럼 가녀림으로
신선하고 상쾌한 감동을 주네

웃음소리는 어떤 악기보다 아름답네
세상의 모든 생명체 중
신묘한 향기가 되고 기쁨이 되네
바라보는 것만으로도
목마르지 않은 너는

나의 꽃
나의 산소
비타민이 되어 나를 일으키는
세 살배기 손주

누들 축제

국수로
축제하는
강릉의 월화거리

야채와
어우러진
쫄깃한 면발 맛이

밀가루 대변신으로
우리 쌀이 밀리네

이순남

부모 외 9편

기대앉은 나무에
세월의 두께가 보인다

솔가지 사이 틈새는
바람의 길인 듯

잔가지가
조금씩 흔들리고 있다

내색하지 않고
속으로 우는 사람처럼

덩치 큰 기둥이 되어도
노심초사 조금씩 흔들리고 있다

힘들다고 품을 찾아든 새들을 쓰다듬다
잠 못잔 부수수한 얼굴로

발밑에

수북히 떨어진 소나무 잎

내려다 보고 있다

여행지에서

낯선 도시
전령처럼 꽃 솜털이 하늘을 날아다녔지
안착하지 못하는 계절이었어
그곳의 밤은 추웠고
돌아갈 날은 아직도 멀었어
너에게서 전화가 왔지
파도 소리가 수화기로 들려와
슬픔처럼
한숨이 해무로 밀려와
주변이 뿌옇게 되어버렸지
어딘지 모르는 곳을 오래 걸었어
방향을 모르던 것들이
어딘가에 정착할 수 있게
발자국마다 바램을 눌러 놓았지
부유하는 꽃의 솜털처럼
우리도 어딘가에 정착하겠지
또 한 번 뿌리를 내려 보자꾸나
이 계절도 곧 지나 갈거야

오빠 밥

장독 깊이 박아놓은 고추장아지를
오빠는 국물을 뚝뚝
숟가락에 받아 가며 참 맛있게 먹었다
오빠는 뜨거운 수제비를 훌훌 불며 먹었다
오빠는 아버지와 남동생과 네모난 밥상에서 밥을 먹었다
동생의 조그만 스덴 밥그릇이 밥상 끝에 올려져 있었다
호랑이 물어갈 언니와 나는 바닥에서 밥을 먹었다
큰 대접에 수북한 밥을 같이 퍼먹었다
좋아하는 음식이 뭐냐고 누가 물으면
오빠 좋아하는 고추장아찌와 수제비가 생각난다
호랑이 물어갈 지즈바는
바닥에서 목메던 조밥을 먹던 나는
오빠 이밥보다 더 맛있어 보이는 건 없었다

아버지의 봄

아버지는 가시기 전
먼 산에서 캐어온 고사리
응달 밭에 심어두셨다

엄나무 베고
벌레 많은 사과나무 베어 버리셨다
블루베리 가지 짧게 잘라 내고
겹 진달래와 꽃 동백나무를 심으셨다

아버지 없는
봄을 준비하기 위해
아버지는 허리 두드리며 숨 헐떡이며
심고 베고 가꾸셨다

아버지 손끝 만져지는
편안한 봄이 송구스럽다

진달래꽃 동백꽃으로
만개하는 아버지

꽃나무 밑에 고사리 수북이
한상 차려드려야겠다

빗방울

빗방울이 강물에 동그라미를 만든다

동그라미가 넓게 펼쳐지고
다른 동그라미가 옆에 만들어진다

빗방울은
동그란 소원이다

하늘로
올려보낸 소원이다

물소리로 들리는
가신 님의 목소리

둥근 얼굴이
강물 위로 왔다

천개의 얼굴로
만개의 얼굴로
하늘에서 왔다

빗방울로 왔다

샤갈의 마을 · 2

앞산에 눈이 온다
뿌옇게 흐려진 동네가 울음을 머금은 것 같다

눈 채비를 하던 부지런한 사람들은 어디로 갔는지
동네는 조용하다

이런 날은 금방 올 것 같은 눈처럼
나도 쏟아져 내릴 것 같다

뿌연 산에는
바지런하던 동네 사람들이 잠들어 계신다

앞산에 오던 눈이 마을까지 내려오면
그분들도 눈 채비를 하러 들러 주려나

산마을로
큰댁 할아버지와 작은할머니
할머니 엄마와 언니
소꿉동무 이화가 먼저 이사를 했다

언젠가 나도 이사 갈 구름 산마을

윗마을에는 작은댁

개울 옆에는 큰댁

우리 집 옆에는 이화 집이 있었음 좋겠다

정월 보름이 되면

큰 어머이 내 더위 사게

저눔의 새끼 큰 에미에게 더위 파는게

어디가 있나

그 동네에도 웃음꽃이 길가마다 피고 있으면 좋겠다

감나무 많은 남화 언니네 집에 감 깎아주고

다라 가득 감 껍질과 홍시 몇 개 담아오는 길이었음 좋겠다

소나무 가산 옆 작은 집에서

할머니와 언니가 소풍 갔다 온 나를 맞으며

무엇을 했는지 궁금해 했음 좋겠다

생금

할머니와 어린 나는
겨울을 열고
뜨락에 나와 앉았었다

눈 녹아 질어진 밭에는
아지랭이가 피고
햇살은 눈 부셨다

할머니는 앞산에 생금이 논다고 했다

가오리 사태에도, 망덕봉에도
눈을 부벼도 보이지 않는 생금

할머니가 밤마다 부르시던
관세음보살님이
빛으로 오신 건지도 모른다

파란만장 할머니
지난한 세월 속에
붙들고 오신 그분이
할머니 눈에만 보내주신 빛

아지랭이가 피고
햇살이 눈 부신 날
할머니의 자리에 앉아
다시 찾아보는 빛

더 깊어져야
간절해야 보이는
생금이라는 빛

언니 짱

편마비가 와도
언니는 한쪽 팔로도
춤 출 때가 멋져
쎈스 있는 말도 그렇고
좋아하는 총각김치가 없다고
오늘 아침을 또 안드시는 구만
욕조가 없다고
목욕을 하지 않으신다네
젊은 언니가 장사 멋들어지게 하고 있을 때
짓궂은 손님들이
조껍데기 막걸리만 팔지 말고
씨껍데기 막걸리도 팔라고 해서
손님 등짝에 스매싱 날렸다던 언니
때론 장사 일찍 시마이 하고
동부시장 지하 나이트에서
춤이라도 춰볼라치면
잘 세우지도 못하는 늠들이

옆에서 자꾸 집적거린다나

남편 없이 아들딸 시집장가 보내고

이제 좀 쉴만하니 병이 와 버렸네

자 떠나자 고래 잡으러 불러대며 가는 화장실

마냥 앉아 있어도 실적이 별루 없구만요

마지막으로 일하는 날

언니에게 들러

누워만 있지 말고 운동 좀 하슈

밥 먹기 싫다고 빵만 먹지 말고

밥 먹고 약도 꼭 먹어야 해요

이런 말만 했는데

눈치 빠른 언니 한마디

왜? 어디가? 시집가?

백팔 배

우주의 한끝에서
먼지 같은 작은 이가
손을 모은다

풀 끝에 달린 자벌레
그 지극한 몸짓으로

손 위에 세상을
공손히 떠받치고 있다

아침 햇살을 받는 합장한 손이
다시 바닥을 짚는다

지나온 수많은 인연
알게 모르게 지어온
크고 많은 죄업들

한 생각에 없어져
마른 풀을 불태운 듯
흔적조차 없어라

다시 펼쳤다 굽어지며
머리 깊이 조아리고 있다

업

한여름 알전구 주변
무수히 날던 나방이
생의 한 날을 유영하고 있었다

나는 형형색색 나방을 잡아
한지 문살마다 하나씩 올려놓곤 했다

그것들은 가장 화려한 날에 박제되어
머물러져 버렸다

청춘의 한 날에 멈춰버린 첫사랑도
시간의 틈새에 올려져 있다

그 많은 나방을 잡은 대가로
내 사랑은 아프기만 했던 것 같다

임인숙

그림자 · 1 외 8편

어린이집 갈 시간
할머니와 실랑이하던 아이
놀이터 바닥에 털썩 주저앉는다
그림자가 아이 앞에 앉는다
아이는 제 앞에 앉은 그림자를 들여다보다
바닥을 짚고 있던 왼손을 들어본다
왼손 그림자가 사라졌다
아이는 왼손을 조금 내려본다
짧은 팔 그림자가 생기고
천천히 다섯 손가락 그림자가 나타난다
아이는 그림자에 손가락을 대본다
신기한 듯 반복하던 아이는
그림자를 바닥에 떨어뜨리지 않으려는 듯
오른손은 바닥을 짚고
왼손을 살짝 들고
조심조심 엉덩이를 밀며 가는데
그림자가 떨어질까 무척이나 조심스러운 눈치다

아파트 그림자가 아이의 그림자를 삼켰다

아이는 그림자를 찾으러 그늘 밖으로 나온다

더 크게 되면 아이는 알게 될 것이다

그림자는 제 곁을 떠나지 않는다는 걸

그림자 · 2

엄마 올 시간
엄마가 빨리 보고 싶어 마중 가는데
시커먼 것이 쫓아와요
막 뛰었어요
뛰다가 돌아보니 발밑에 있어요
더 빨리 뛰었어요
뛰다가 서서
왼발 오른발 번갈아 굴러 보았더니
괴물은 더 무섭게 변해서
커다란 고무찰흙처럼 떨어지지 않아요

너무 무서워
막 울었어요

아가야 그 건 너의 그림자란다
가로등 불빛이 만든 네 그림자란다

세 살배기 우주

우리 아빠는 고릴라보다 더 힘이 쎄다

형과 내가 등에 타도 끄떡없어요.

우리 아빠는 세이모사우루스보다 더 크다

아빠 손에 올라가면 달도 만질 수 있어요

어린 스승

어린이집 가는 길
현관문을 여는 순간
훅 들어오는 바람
흠칫 놀란 손주
실눈 뜨고 오래 서 있다

찬기 가신 바람은
엷은 꽃 맛이 난다

재촉하는 할미는 아랑곳없이
제 앞뒤로 달아나는 그림자를 잡으려고
강아지 마냥 뱅글뱅글 돈다

신이 난 손주를 보다
저보다
더 무결한 오늘이 있을까

돌아보면

나의 마음은 오늘이 없었다

아카시아 라일락 꽃향기는 접어 내일에 넣어두었다

해찰하는 손주를 재촉하려다

문득

아끼고 사랑했던 내일

그 오늘이 공갈빵 같다

마트료시카 인형

사랑이 뭘까
할미 어리석은 물음에

—행복한 마음

여섯 살 난 형이 먼저 대답한다.

—도현이는?

—빠지는 거야

—?

—강물에?

—아니, 아니 사랑은 사랑에 빠지는 거야

―사랑에?

―나는 형아에게 형아는 엄마에게 엄마는 아빠에게 아빠는
할머니에게

세 살배기 사랑은 그냥 안아주는 것이구나

엉덩이는 별이 되고

엉덩이 추켜들고
그림책을 보고 있는 외손자
엉덩이가 너무 이뻐
나도 모르게 손이 가

―이게 뭐꼬?
―엉덩이
―엉덩이?
―응 엉덩이는 안경
―안경은?
―눈
―눈은?
―물
―물은?
―하늘
―하늘은?
―비

—비는?

—바다

—바다는?

—불가사리

—불가사리는?

—별

—별은?

············

말문이 열리자

엉덩이는 별이 되고

빅뱅이 일어난다

엄마는 형아를 먼저 안아줘요

할머니 할머니
집을 그렸어요

문에 커다란 자물쇠를 그렸어요

커다란 자물쇠는 왜?

질투가 나오면 안되니까요

이 집에 질투가 살아! 질투가 뭐야?

질투는 마음이 아픈 거예요,

마음은 아프면 안되거든요

집게손가락

궁금할 때
콕
무서울 때는
살짝

싸륵싸륵 매끈매끈 까슬까슬 보들보들 말랑말랑 몰캉몰캉
다 알 수 있어요

꿈틀거리는 지렁이가 궁금해
다가가는데

애비~ 아빠의 목소리
더듬이가 움찔해요

오후 네 시
— four o'clock flower

오후 네 시
분꽃 필 시간이다

꼬옥 쥔 꽃 주먹
날 저물면 슬며시 펴고
장독대를 환하게 밝히던 분꽃

내 생의 시간은
오후 네 시를 지나고 있다
곧 어둠이 올 것이다
꿈을 꾸기에 좋은 시간이다

내 생에는 다시 오지 못할 아침이 오고
피지 못한 꿈이 몽오리 채 떨어진다고 해도
사는 일이 벅차 잠 못 드는 이들 토닥여 줄
분꽃 한 송이

꽃 피는 꿈을 꾼다

지은영

퀼리아 ‖ 들어가고 싶은 ‖ 고백

퀼리아 외 2편

술잔 속에서 시를 낚았고
연기 속에서 춤을 추었다
시어들은 꿈틀거렸고
무희들은 우아해졌다

운동이 될 줄 알았던 노동
근육만 키워지는 딱딱한 카리스마

호수 위의 고요한 명상
우주의 곡률에 따라 요가를 하고
철학은 과학을 낳았다

문학도
예술도
철학도
과학도
일상의 파도 위에 넘실거리다가

스
   쳐
      간
        다

들어가고 싶은

방학 때 미루고 미루던 일기를
벼락치기로 썼던 기억이 있다

새것에 대한 소중함으로
십 년이 넘도록 타고 다닌 차
거울의 보호필름을 벗기지 않았다

냉장고와 함께 한 지 13년
옆지기 3박 4일 중국 여행 떠난 틈에
대청소에 돌입했다
냉장고 뒤편 불빛 가리는 비닐이
그대로 붙어 있다

검사받지 않는 일기를 쓰고 싶다
거울을 닦고 투명한 나를 맞이하자
비닐을 벗기고 밝은 빛을 보자

텅 빈 냉장고

내가 들어가고도 남을 공간이다

그 안으로 들어가

방해받고 싶지 않은

보호받고 싶은

고백

10년을 미뤄둔 집 안 구석구석의
먼지를 탈탈 털어내는 기분이다

늘 그래도 된다고 생각하고
덮어 두기만 하려던 것을 수면위로
떠올려 정화작업을 했다

고인 물에서는
다소 악취가 나고
때론 불협화음도 있었다

동화에서 나그네의 옷을 벗긴 것은
바람이 아니라 햇살이었다

오랜만에 만나는 사람들이
편안한 향이 느껴진다고 했다

비결이 뭐냐고 한다
그대가 있어서라고 차마 말하지 못한다

한경림

가계도家系圖 ‖ 재테크

가계도家系圖 외 1편

울음이 곧 노래가 되었다

나는 태어날 때 울음통을 하나 속에 넣고 태어났나 보다
밤이나 낮이나 업힌 할머니 등에서 잉잉거리고 울었다
그치고 싶은데 멋쩍어서 그냥 또 울었다 내가 너무 진중 떨고
울어서
집안이 망했나보다 아버지는 학교 가는 길목 동계리 외딴집
에 작은마누라를
얻고 외할머니와 엄마는 쉰밥처럼 삭았다 집안은 망하여
삼 십리 밖에 풀 끝도 우리 집을 향하여 눕던 권세가
서서히 퇴하여 전답을 다 팔아먹고도 빚을 져서
아침이면 시대오엄니가 아들을 대동하고 돈 받으러 자주 와
서
땅땅 돈 재촉을 했다

울음통이 텅텅 비워질 때
가슴에 벌창이 나게 울던 아버지 돌아가시고

울음 잦을 날 없으니
목구멍 아래 굽이굽이 곡진한 길 하나 다져졌나 보다

물 빠진 남대천 변에 갈필로 휘갈긴
긴 모래톱처럼
살면서 갈증이 날 때
단전에서 밀어 올리고 명치끝에서 시김새 살짝
끼얹어 토해내는
울음을 갖은 소리가 새어 나왔다

"오초동남 너른 들에 오고 가는 상고선은 순풍에 돛을 달고
북을 두리둥실 울리면서
　어기여차 닻감는 소리 원포 귀범이 에헤라 이 아니란 말가"

반 넘어 늙었으니 다시 젊기는 꽃집이 앵도라졌다는
방아타령이다

재테크

고관대작의 한 표나 내가 찍은 한 표나
투표 한 장의 무게는 똑같으며

수억짜리 아파트에 들어간 벽돌 한 장의 무게나
좁은 내 집에 들어간 한 장의 무게나
벽돌 한 장의 무게는 똑같다고 계산하며

하해(河海)가 술이라면 세상이 모두 안주라고
노래하신 옛 어른 들 말씀이 딱 맞는다고
혼술 한 잔 하는 저녁

열어 논 창문으로 불쑥 들어 온
달빛 한 줄

오늘따라 베란다 한 칸 얻어
숨 고르기를 하며 평수를 넓혀가는 귀뚜라미 소리

내 재산 재테크하기 십상으로 좋은 날이다

황영순

감과 똥 ‖ 영광 ‖ 되는 것 없는 ‖ 꽃순이 ‖ 폭염

감과 똥 외 4편

　건봉사 산신각에서 백호 할아버지를 만났다 가져간 과일을 엎자 몰래 따라온 술이 처음인 양 처음처럼 얌전하게 앉는다 친구 곁에 서서 어찌할 바를 몰라 키 큰 느티나무처럼 멀뚱멀뚱 서서 눈알만 요리조리 굴리는데 친구가 두 손을 모으길래 덩달아 기도나 해보자고 두 손을 모은다 할아버지! 저의 소원은 글 문입니다 환하고도 환한 글 문입니다 스승님 보다 멋지게 써 내려갈 수 있는 엎드려 그러기를

　잠시, 미동도 않던 할아버지께서 앞에 놓인 감 접시를 내밀며 네 눈에는 이것이 무엇으로 보이냐? 물으신다 기차 화통 같은 목소리로 감입니다 대답하자 다시, 내밀며 네 눈엔 이것이 무엇으로 보이더냐? 아무리 살펴도 사과도 복숭아도 토마토도 아니다 예전 내가 살던 시골집 마당 가에 달려있던 따배감이다 잘 익은 따배감입니다 야야! 이것이 무엇으로 보이더냐? 슬금슬금 부아가 치밀고 열이 등줄기에 올라가 붙었다 목에 붙었다 다리에 붙었다 허벅지에 붙었다 할아버지! 커다란 똥 덩어리로 보입니다 똥 덩어리!

눈을 뜨니 호랑이를 옆에 낀 할아버지가 수염을 날리며 다 가
는 가을의 건봉사 경내를 지그시 내려다보시는데 화장을 한 똥
은 곱디고운 감으로 앉아있다

영광

시카고 그랜드파크에 두 손을 모은
여자가 눈부시게 울고 있다
50개의 별을 단 여자가 미시시피강에 뛰어 든다
검은색 얼굴 위로 무더기 별이 쏟아져 내린다

애틀란타 에벤에셜 교회에서 새벽기도를 마치고
마―악 잠자리에 든 마틴 루터킹 목사가
벌떡 일어나 십자가 밑에 성조기를 건다

뉴욕 125번가 아폴로극장으로
할렘가 그의 친구들이 눈물로 눈물로 모여든다
137년 만의 감격이 할렘의 밤하늘을 가르며
지층을 흔든다

유튜브나 페이스북 속에서는 젊은 네티즌들이
모여 앉아 소리를 지르며 축배를 든다
팔짝팔짝 뛰어 오른다

헬로! 아메리카 (yes,we can)모든 것이
가능하다고 말하는 여자가 환호 속으로
묻혀 간다
멀리 한 켠에 서서 흐르는 두 뺨에 눈물을 닦는
제시 잭슨 목사가 있다
불꽃이 밤하늘을 수놓고 역사는 새로운 사건을
적으며 2024년 11월 6일로 간다

되는 것 없는

　니기미 씨발! 되는 것도 없고 어제나 오늘이나 이제나저제나
발정 난 수캐는 한번 해볼 끼라고 목줄을 와삭 하수도 구녕에
과감하게 버리고 골목을 빠져나가 그것도 큰길 가운데서 삼순
이년인가 사순이년인가를 꼬드겨 한창 꽃놀이에 열중이다 개보
다도 못하고 닭보다도 못한 애플과 갤럭시는 오대양 육대주를
넘나들며 사람들의 머리통을 돈으로 들끓게 한다 돈지랄이다
지구촌 한 모퉁이에선 방금 참외를 출하하고 건네받은 돈다발
을 옆구리에 낀 자랑스러운 오빠가 오매불망 고년이 기다리는
가게로 오토바이 시동을 건다 고년이 있는데 갈려거든 돈다발
은 놓고 가라고 뒤따라가며 고래고래 소리치는 여자의 목소리
가 낡은 몸뻬바지에 걸려 거칠게 넘어간다 물때가 맞지 않는지
철을 잊어버린 청어가 만선이다 값은 없지만 양이 많으니 많이
만 잡으면 쏠쏠하다 통장으로 꼬박꼬박 들어오는 고깃값 오십
만 원을 찾아든 신씨 아저씨 집에서 씻을 물 뎁혀 놓고 기다리
는 여편네도 잊은 채 선 술집 후미진 곳으로 찾아 든다 바다와
육지를 이어주는 건 어느 곳이고 돈이다 돈이 왕이다 불쌍하고
불쌍한 여자와 남자를 얽어매는 것도 돈이다 웃통을 벗어제낀

오빠와 등판을 다 드러낸 여자가 느끼하고 쫀득하게 껌을 뱉으
며 탬버린을 치며 돌아가는 것도 알고 보면 돈이다 일등이 나왔
다는 명당복권방에 입맛 다시며 줄을 서서 기다리는 것도 돈이
다 돈 돈 실컷 뿌려보고 돈벼락 맞아 죽고 싶은 사람사람들 주
머니 속 만 원이 들어갔다 나갔다 춤을 춘다 잠시 신나고 맛있
는 꿈을 꾼다 꽁냥 꽁냥 손가락에 힘을 준다

　어느 되는 것 없는 날

꽃순이

아직
날 밝으려면 먼데
눈물 같이 앉아있다
닫힌 가게 문 앞에
한쪽 발을 들었다 놓았다
다른 발도 올렸다 내렸다
호~하는 소리가 길게 들린다

주는 거라고는
캔터키후랑크와
건네는 약간의 말과 눈인사가
전부였을 뿐인데

동지 가까워 오는 새벽
한파로 배들의 발이 묶인
바람이 주인이 되어 버린 적막한 항구에

입으로 발이 가는 횟수를

늘리면서도

자리를 떠날 줄 모른다

얼어붙은 쥐의 달그락거리는 영혼 소리를 들으며

폭염

나비가

날아가는 모기 한 마리를 낚아챈다

들어 올려 입속에 넣는다

이내 연기가 피어오른다

까맣고도 까아만